봄밤은 언제나 짧았네

한그루
시선

짧았네 봄밤은 언제나

조선희
시집

이번 생도 비껴가질 못했다
멀리 온 줄 알았는데
늘 당신이 먼저다

다음 생은
바람으로만 서성거려야지
목련꽃 환히 핀 자리에서

차
례

해설

제1부

지금도
라일락

지금도 라일락

그날 이후로 봄밤은 언제나 짧았네

두 사람이 누우면 꽉 차는 자취방을 지나
온 가족이 모여 사는 당신 집을 향해 가는 길
더디게 걸었던 발걸음
헤어지기 아쉬워 되돌아가던 중간 지점
라일락향이 골목길을 서성거렸네

밤이 되면 짙어지는 이유를
우리 둘 다 어려서 알 수 없었지만
집 앞에 도착하면 입술에 묻은 꽃내음
바람이 다가와 슬며시 떼어놓으면
라일락이 괜스레 붉어지곤 하였네

살아가는 일이 고유명사처럼 와 닿을 때
우체국 앞에서 당신의 안부를 묻던 날들이
아득한 기억이었다 해도
우리가 헤어진 일이 엊그제 일 같아

지금도 봄이 오면 밤이 짧아지곤 하네

서쪽 하늘에 걸린 초승달, 스무 살 언저리

소악도 노둣길

밀물이 되면 물에 잠기는 노둣길
별들이 내려와
출렁이며 빛을 냅니다

조용한 소악도 밤바다
내딛는 발걸음에 물결만 차올라
속 깊은 문장이 되고

보리숭어가 다니던 길목
설익은 비문들이 무르익어
개밥바라기로 송송 박히는

소악도 노둣길 위에다
썰물이 되기 전
언제나 쓰다가 만 안부를 모아

저녁 바다에 슬어 놓고 옵니다

길상사

산신각 근처
당나귀 방울 소리 쌓인다

햇발은 곁가지에 매어 두고
보고 싶은 마음은 우듬지에 걸고

당신은 어디에 있나
능소화 핀 돌담길 따라

다시금
공호
공호

바람의 초대장

인터넷으로 작약 구근을 구입했더니
가보지 않은 도시들이 배송되어 왔다

마드리드, 오슬로, 런던, 로마, 아테네
화분에다 심고 이름을 부르며
조약돌에다 새겨 놓고
두근거리며 베란다를 서성거렸더니

그새 한 뼘씩 자라나기 시작하는 도시들

발길 닿지 않은 낯선 도시의 골목길
복숭아향이 나는 립스틱을 바르고
작약꽃을 들고 기다리는 시간

우리가 사랑했던가
수없이 물어보고도 아직 답을 구하지 못해
눈물을 흘리는 그 사이

베란다에 꽃이 만개한다면

봉인되지 않은 초대장을 보내야지

바람이 지나는 편에

빗방울 연서

몇 해 전 동궁월지 가던 길에
갑자기 내린 소낙비

관광길에 발이 묶여
연꽃만 무심히 바라보는데

내리는 빗방울만큼 사랑해
지나가듯 건넨 한 문장 연잎에 어려

잊을 만하면
뭍에서 섬으로 실려 오는

사랑한다던 그 언약
천년의 시간이 아려오는데

초승달

음력 초사흘 서쪽 하늘

홍매화 나붓하게 핀 사이

다음 생을 약속한 인연이

전생을 기웃거린다

평창역

위로가 필요한 날
누군가를 만난다면
내리는 사람이 한눈에 들어오는
평창역 같은 남자이면 좋겠다

저물녘 산허리 어둠을 끌고
메밀꽃밭에 깊은 속내 무더기로 흩뿌려도
무심한 듯, 아닌 듯
가만가만 지켜보는 그런 남자

발길 닿는 데까지 열심히 걸어도
그 동네가 그 자리인 곳
내미는 두 손 따스한 온기로
꼭 마주 잡아 주는 그런 남자

첫눈이 오기 전에
내리는 사람이 한눈에 들어오는
그런 남자 같은
평창역에 가야겠다

젖은 눈썹

밤을 건너가는 시간에는
젖은 눈썹이 매달려 있어
속마음 들킬까 봐 겹겹이 쌓아두기로 했네
이별은 언제나 익숙하지 않은 감정
오롯이 남은 상처는 모서리 쪽으로 향하네
작약이 꽃망울을 맺는 동안
모든 이파리들이 조바심으로 잠 못 이루고
성에 낀 창 쪽으로만 안부인사 나누지
어긋난 길 위에서 은유는 바스라지고
불편한 문자들이 손끝에서 만나
겨우 쓸쓸한 문장을 완성시키네
전하지 못한 말과
듣고 싶은 말 사이에 끼여
작약은 꽃을 피울 수 있을까
봉인된 틈새로 꽃향기만 계절을 맞이하네

월요일의 남자

월요일은 모든 게 느리게 간다

숫자의 감정을 집어넣고 느긋하게 눈을 떠 시계를 본다 성급함을 외치는 요일들은 태엽에다 감아 잠가 버리고 창밖의 풍경으로 자리한 당신이 월요일의 남자다 마음으로 보는 현실은 눈높이에 맞춰 그때그때 우울에 버무려 빗소리에 절이기로 한다 절여져 가는 속도에는 늘 당신이 함께하지만 계절 마디에 우리의 시간이 시든 배춧잎으로 숨어 있듯 느리게 가는 월요일엔 무기력이 나의 유일한 남자다

슬픔에 관한 정의

누군가 그랬다
슬픔을 위로하는 법을 알고 싶다면
노을을 보라고
너에게로 가려는 말들이 머뭇거림으로
입안에서 맴맴 돌자
해가 지기 전에 바다로 향했다
무조건 서쪽 그곳을 향해 가면
미지근했던 문장들이 물방울로 튕겨진다거나
살갗을 아리는 겨울바람에 얼어 있거나
강약을 조절하며 주문을 외우던 시간을 지나 있거나
그 무엇이어도 좋다
오늘의 일기가 침묵으로만 물든다고 해도
서쪽으로 기울어 가는 너를 보며
긍정의 말을 찾아 노을을 뒤적인다

하도리 철새도래지

지미봉에 달이 뜨면 떠나지 못한 이들은 고개를 들어
못 다 쓴 이야기를 물결체로 쓴다

꽃피는 봄이 오면 돌아온다고 했던가
억새가 담뿍 피면 돌담을 끼고 온다고 했던가

기다림은 마디마다 시리게 뿌리 내리며
저물녘 하도리 철새도래지에 새기어 놓는다

울음 우는 일은 부리에 매달려 늘 이끼가 끼고
둑을 끼고 기인 그림자 드리워야 멈추었다

눈 닿는 거리에 있던 이들은 날이 추워져 가자
하나둘 따뜻한 나라를 찾아 떠났다

억새처럼 그 자리에서 기다려달라고
물때가 되면 모습을 보이는 저 여처럼 그 자리에

제때 떠나지 못해 텃새로 남아버린 미련한 시간들은

훗날 텅 비어버린 행간으로 남아

지미봉 달빛을 받으며
물결만 썼다가, 지웠다가

싹 튼 주먹

감자에 싹이 나면
언제나 주먹을 내던 너를 향해
숫돌에 잘 벼린 가위만을 고집하며
습관처럼
너에게로 가던 길을 자르곤 했지

이파리에 감자가 맺히기도 전에
썩은 상처를 도려내지만
너에게 독하게 내뱉던 말
지금껏 주워 담지 못하고
짓물러버리곤 했지

서늘한 시간들이 모여
싹이 나고 이파리에 감자가 열리면
세야, 세야, 세야
무심하게
나도 너처럼 주먹을 내 볼까 해

밥솥에게

손등이 물에 적당히 잠기면 취사버튼과 함께
왈츠가 고요히 찰방거리며 들어가요

원 투 쓰리 원 투 쓰리
스텝이 꼬이지 않게 허밍을 부르지요

보온으로 가는 여정은 쉽지가 않아
물이 조금 많다 싶으면
밥알은 단단히 엉켜 있지요

어쩌다 드라마에 심취해 물을 적게 맞추면
되돌이표를 하듯
어금니에서 맴도는 밥알을 만나지요

찰진 입술로 말을 하는 모든 밥솥에게 물어요

언제면 나는 당신이 좋아하는 밥을 하게 될까요?

드림세븐*

미처 몰랐다
그녀에게도 순정이 있다는 걸
길가에 있는 여느 꽃처럼
피고 지는 사연이 있다는 걸

잘 벼린 칼로 밭에서 싹둑
이파리를 자르면서도
늘씬한 몸매를 원해서인지
피고 지는 무정한 시간들을 몰랐다

더 이상은 보여줄 게 없는
주황색 시스루로 식탁 위에 올라
고추 옆에 오이 옆에
나란히 있는 건 모욕이라면서
비장의 한마디를 내뱉는 그녀

죽음도 두렵지 않아요**

* 당근의 종자.
** 당근 꽃의 꽃말.

29

적당한 간격

당근을 솎아야 하는데
간격을 몰라 헤매는 나에게
주먹이 드나들 수 있는 거리가
적당하다고 한다

실한 놈은 가만히 놔두고
주위에 뿌리 드러나고
가녀린 싹은 조심조심 뽑아내며
수시로 올라오는 잡초도 제거하고

햇빛도 적당히 들어오고
바람도 자유로이 다니며
빗물도 알맞게 스며
당근이 튼실하게 자랄 수 있는

일러준 말씀대로 간격 유지하며
솎으려고 애를 쓰면 쓸수록
휘청거리던 수많은 날들이
빼곡하게 당근밭에 들어차 있다

고백

벚꽃이 함박눈으로 피었네
사월의 이야기가 시작되는 골목
소녀처럼 수줍은 손짓을 따라
발걸음 나란히 하던 봄날이었네

별이 보이지 않던 밤
후미진 골목길에서 생각해보면
쓸쓸했던 기억만 남아
가뭇하다고 등 돌려 말하고 싶지만

그건 마스크를 쓰고도
눈가에 잔뜩 묻은 미소 때문에
감출 수 없는 날들이었음을
막다른 골목길에서 깨달았네

사랑은
눈 내리는 날에 시작되는 이야기여서
벚꽃은 가만가만 피고 보는 거라네

제2부 _____

이녁이라는
말

평대리 순비기꽃

한 번에 내뱉는 소리가 있다
죽고 사는 일이 바다에 달려 있어
잠시도 멈출 수 없는 자맥질
오늘은 물질하기 좋은 날
어머니 숨비소리 길어지면
퍼렇게 물드는 평대리 순비기꽃

어머니의 율법

어머니의 텃밭은 언제나 완강하다
배추 심고 고랑 파고
쪽파 심고 고랑 파고
경계와 경계 사이 언제나 금을 긋는다

텃밭 한 귀퉁이
웃자라지 않는 꽃들을 심었다

입으로 들어가지 못하는 건 전부 잡초
어머니의 율법은 한 치도 어긋난 적 없고

눈치 없는 채송화가 텃밭에 발을 뻗자
보란 듯이 날이 바짝 선 호미에 내팽개쳐졌다

섭섭함이 고랑에 뿌리를 내리기 전
두루뭉술한 감자를 심는다

감자에 꽃이 필 때쯤

아버지 닮아 눈도 호강해야 하는 딸은
꽃을 보고
입으로 들어가야 배가 부른 어머니는
감자를 먹고

아도록ᄒ다

갑자기 추위가 찾아오면
듣기만 해도
솜이불을 포근하게 덮은 듯
몸을 덥히는 말이 있다

모든 게 예전 같지 않아도
이름 석 자만은 꼭 기억해야 한다며
삐뚤빼뚤 써 내려가는 어머니

날이 추워져
온몸을 움츠리기에
기모바지를 드렸더니 주섬주섬 입으시고는

'아도록ᄒ다'

찰나
입가에 머물던 찬바람 멈추고
창틈에 끼인 냉기도 멈추자
다시금 말을 한다

'춤말 아도록ㅎ다'

아늑함이 온기로 피어나는 순간이다

일곱물

달력을 넘길 때마다 자연스레
물때 먼저 보는 나는 바닷가 태생
해녀였던 어머니를 닮아
일곱물만 되면 비릿해지는

ᄀ메기보말* 잡아
죽도 쑤고 국도 끓여야지
된장에 듬뿍 넣고 끓여
갓 쪄낸 호박잎쌈에 얹어 먹어야지

이미 마음은 바다에 가 있어
열심히 바릇잡이 하는 중
짠 내음 가득 담는 중

* 울타리고둥의 제주어.

밋두엉

해마다 어머니는 말린 고사리를
비닐봉지에 나누어 넣으면서
올해 다 쓰지 않고
내년에도 쓸 요량으로 밋두엉 놓습니다

동쪽 사는 어른도 쓰고 서쪽 사는 어른도
바람처럼 흔적 없이 지나가듯 말해
제대로 발음도 해보기 전에 숙제로 남겨진 말

'밋두엉'

일일이 절을 하며 손수 꺾은 고사리
귀한 손님을 위해 남겨둔다는 말 같은데
다음을 위해 아껴두겠다는 말 같은데

제주어 사전에도 없는 말을 곱씹으며
이제는 잊혀 가는 당신을 보는 듯해

다음을 기약하는 그 마음

잊지 않으려

당신을 위한 마음자리 비워 둡니다

일방통행

밤중에 전화가 울렸습니다
봉순 여사입니다

정성으로 연한 고사리만 꺾어
부산에 사는 외삼촌에게도 올려 보내고
집에도 두어 근은 있어야 한다며
노는 날 있으면 고사리 밭에
데려가 달라고 하네요

친구들이랑 꽃구경 가기로 했다는
말을 하려는데

아직은 움직일 수 있어
노는 손 보태고 싶다며
전화를 끊어 버립니다

물소리

어린 딸을 시부모에게 맡기고
신예리 밀감밭에 둥지 튼 젊은 부부
조선족인 미화 씨는 한국말을 잘하지만
한족인 남편 리파샹은 모든 게 서툴다

만국의 언어 몸짓과 눈치로
밀감밭 사이를 누비며 바구니를 나르는데
햇볕에 얼굴 탄다고 모자를 가리키자
안 써도 괜찮다며 웃기만 한다

힘들면 잠시 쉬라고 눈짓을 보내면
부부는 쑥스러운 얼굴을 하고 있다

아버지 돌아가시고 사는 게 막막해졌을 때
일본으로 밀항했던 어머니
주인 여자가 하는 일본말은 알아들을 수 없고
괜히 멋쩍어서 웃기만 했다는데

깊은 우물에 끝없이 두레박 내려

물을 길어 올리면 희미하게 얼굴 보이듯
왜 나에게만 밑바닥 저 깊은 곳에서
찰랑이는 물소리가 들리는지

어머니

추운 날 전화를 합니다
돈 아끼지 말고 보일러 팡팡 틀어
감기 들면 병원비가 더 나와

무더운 날에도 전화를 합니다
에어컨 틀면서 살아
전기세 얼마 안 나와

가끔 쥐꼬리만큼 용돈 주면서
죽으면 아무 소용없다고
통장에 있는 돈 꺼내 쓰라고
거침없는 소리도 합니다

너무 오래 살앙 어떵허코
물려줄 재산도 어신디

자식에게 누가 될까 봐
오늘도 살얼음판을 걷는
어머니

이런 날

우뭇가사리를 하얗게 바랠 때까지
물에 담갔다가 땡볕에 널고
다시 담갔다가 땡볕에 널고
수십 번 반복해야 한다지

여름날 입맛 살리는 우무처럼

어머니는 고집 센 아버지와 살면서
수십 번 보따리를 싸고 풀었다지
속상할 때마다
우뭇가사리 꺼내어 자근자근 두들겼다지

이명^{耳鳴}

아버지 돌아가시고 삼십 년
노모가 뒤늦게 동거를 시작했다

혼자 지내는 걸 어찌 알았는지
외로운 건 또 어찌 알았는지
연일 찾아와서는
목청 좋게 노래를 불러준다고 한다

처음에는 뭔가 싶었지만
하루 이틀도 아니고
계속되는 소리에 잠도 못 자고
살아갈 날들이 출렁인다고 한다

이젠 그만 동거를 받아들여도 좋으련만
초승달도 바짝 야위어
돋을새김으로 핏발 선 눈동자

켜켜이 쌓인 약봉지 위로 노래는 높아 가는데

냉잇국

어머니는 냉잇국을 안 드신다

시골 어른이라 입맛이 무던하신 분인데
딸이 추운 바람 맞으며 캐어
바지락 넣고 된장 풀어 끓였더니

냉이가 잡초 같아 못 드시겠다고 한다

뽑아도 뽑아도 다시 돋아나는 잡초가
갚아도 갚아도 줄어들지 않는 원금처럼
대책 없던 날들을 보는 것 같아

이제는 징글징글하다고 한다

모든 것을 당신에게 바친다는 냉이꽃말을
차마 목구멍으로 넘기지 못하고
모녀가 마주 앉아 기다리는 봄

하간 되

파스를 붙여 달라기에
어디가 아프냐고 물었더니
하간 되가 다 아프다고 합니다

무릎만도 아니고
허리만도 아니고
온몸 전부를 가리키는데
가슴이 먹먹해져 옵니다

일찍 남편 여의고 홀로 숨어 들어가
추운 다다미방에서 웅크려 살았던 날
이제는 근저당 잡힌 시간 되어
하염없이 쑤시고 결리겠지요

파스를 붙이려다
손등으로 눈가를 훔칩니다
그 말의 깊이를 가늠할 수 없어

숨비소리

자식들 다 떠나고
우뭇가사리 마중할 사람이 없자
물질을 접은 어머니
마음도 접으면 좋으련만
물때만 되면 자연스레
창고 후미진 곳
고대로 걸린 테왁을 향해
휘파람 소리 한 곡조 실어 보내네

연결

같은 하늘 아래 살지만 멀기만 한 거리
예전 같았으면 외손녀가 아이를 낳았다고
한달음에 달려왔을 어머니

조심하며 사는 게
어려운 시국을 견디는 거라며
문밖출입을 삼가시더니
뒤집기를 시작한 증손녀와 영상통화로 만난다

"언제 영 커브러시
아방 닮앙 눈도 큼광
잘 컴시라
살암시민 마스크 안 쓰는 날도 올 테주"

증조할머니 갸륵한 바람
멀게만 느껴지던 거리 지척으로 다가오자
아이가 환하게 웃음 짓는다

이녁이라는 말

이른 저녁
폭염을 견뎌낸 피마자
윤진 잎사귀 펼치면
챙겨 듣고 싶은 인사가 있네

사랑이 저만치에 있다고
애태우던 나이는 지났다지만
무수한 별이 뜨기 전에
듣고 또 듣고 싶은

오늘도 이녁이 있어 견뎌냈다고

푸릇한 손바닥 죄다 펼쳐
축 처진 어깨 토닥이면
저어기 평대 바당 깊은 곳에서
숨비소리로 묻어나는

이녁이라는 말

제3부
___

눈물의
이력

부전여전

뇌수술 두 번 받고
안부 인사 없이 가버린 후
당신을 따라 비자나무 사라지고
산당화도 사라졌다
당신의 손재주는 하나도 안 닮고
사는 데 보탬이 안 되는 일만 닮아
텃밭 한 귀퉁이
노란 수선화도 심고 백합도 심는다
가난한 당신을 늘 원망했던
미안함에 구석진 곳마다 꽃씨를 뿌린다
딸만 다섯을 두고
대를 이을 아들 없는 게
내내 가시지 않는 그늘이었지만
꽃이 피어나면 입가에 머물던 미소
다시금 봄 오는 날 찾아왔으면 싶어
올해도 나무를 심고 꽃씨를 뿌리는데

아버지의 주사

사춘기였다
아버지의 주사는 한결같았다
달게 자고 있는 딸을 깨운 후
무자년에 고아 되어 살아온 이야기
서러움으로 간간히 절여질 즈음이면
시린 무릎으로 새벽이 찾아들기도 했다
조금이라도 더 자고 싶은 마음에
아버지가 없으면 좋겠다고
생각한 나날이 있었다
입으로 내뱉은 말이 아닌데
속으로만 퐁당거렸던 말인데
당신이 가고 없는 지금
가슴에 대못으로 박혀 있다
빼내려고 애쓰면
더 깊숙이 파고드는 그림자

팽나무의 섣달

유달리 팽나무가 많은 북촌
햇볕을 향해 편안하게
가지를 뻗은 나무는 없고
그날의 아픔을 말로는 할 수 없다며
옹이 지고 뒤틀려 있습니다

음력으로 섣달 열여드렛날
온 마을이 제사를 지내고
한때는 남자가 없어
무남촌無男村 이라 불리었다는 마을

하필이면 오늘
옆 마을 동복리에서
어린 아들 끌어안고 돌아가신
조부모 제사가 있는 날

섣달에 북촌 너븐숭이에 왔더니
그날의 총소리가
제 가슴에 와 박혔습니다

죽은 자는 말이 없어
팽나무는 있는 힘 다해
이파리를 펼쳐 보입니다

까마귀 모르는 제사

해마다 봄은 오고
세상이 좋아져서 이제는
유족보상금도 나온다는데

고아로 자란 아버지마저 일찍 돌아가시고
누군가 말을 해줄 사람은 없고
육지에서 동복리로 흘러들어 왔다는
풍문을 건너 들으며

읍사무소 직원이 말했다
원적이 없어서 4·3희생자에 올릴 수 없노라고

까마귀도 모르는 제사를 지내며
그래도 누군가는 기억할 수 있게
할아버지 휘자만이라도
4·3공원에 올리고 싶은데

세상이 달라졌다고 하는데
옛날 그 버릇 아직도 남아
까마귀도 모르게 다녀가는 할아버지 제삿날

눈물의 이력

아버지는 생전에 할아버지 이름을 몰랐다
동복리 마을에 사월의 꽃들이 질 때
일곱 살에 고아 되어 평대리 마을까지
흘러온 이력을 이름표로 달고 살았으며
사는 동안 잊힌 얼굴들을 그리워했다

아버지 제삿날
딸 다섯이 음식 준비를 하는데
어머니가 서류봉투를 내민다
양지공원에 모시려고 아버지 호적을 뗐더니
할아버지 이름이 있더라면서
거둬주신 어른이 올려준 걸
아버지는 평생 모르고 사셨다면서

얌전하게 애호박전 부치던 손
고사리나물 무치던 손
생선 굽던 야무진 손이 일시에 멈췄다
멈춘 손들에게는 울음소리가 박혀 있어서
흐르는 눈물을 훔쳐야 했다

아버지 가신 지도 서른두 해

영정 앞에 할아버지 휘자를 올린다

조 춘 식

일순, 촛불이 일렁거린다

두 부자가 오늘에야 만난 것을 아는지

목격자를 찾습니다

장소: 제주시 해안동 가족 묘역
일시: 2021년 3월 4일 10시 10분경
연락처: 010-3698-××××

　잃어버린 물건은 갖은양념을 하고 새벽에 대나무 꼬치에 끼워 만든 돼지고기 적입니다. 오랜만에 조상님 뵈러 가는 길이어서 정성을 다했습니다. 상석에 음식을 진설해놓고 아주 잠깐, 등 돌려 열 발자국 남짓한 거리에 핀 매화 향기 서너 호흡 맡은 게 전부입니다. 범인이 호시탐탐 기회를 노리고 있으리라고는 전혀 생각 못 했습니다. 음식을 에워싼 까마귀가 진범을 아는 듯한데 진실을 말해주지 않아 답답한 마음에 목격자를 찾습니다. 소고기 적과 구운 옥돔 애호박전을 주며 유혹했는데도 진실을 회피합니다. 남편은 건망증으로 집에 두고 온 게 아니냐며 침묵으로 시위하는데 조상 섬기는 마음을 무시하는 듯싶어 억울합니다. 이날 근처에서 돼지고기 적을 훔쳐 달아나는 자를 보신 분이 계시다면 꼭 연락 바랍니다. 연락을 주시는 분에게는 사례로 지금도 간직하고 있는 매화 향기를 드리겠습니다. 듬뿍

참빗살나무

다 발음하지 못한 나무
참빗에서 멈춘 유년의 언저리

한 줌 햇살이 깃든 마루
외할머니 무릎에 누워 있다

이가 성긴 참빗으로 머리를 넘겨주며
어린 딸을 데리고 일본에서 제주로 건너온 이야기
반복의 늪으로 점점 빠져들고
늘어지는 길이에 빗질 속도가 서늘해지면
기침에 묻어 광목천에 빨갛게 피어나던 꽃송이
부모님 알면 걱정한다며
손에 쥐어주던 눈깔사탕은 영롱했다

늦가을
잊고 살았던 시간이 참빗살나무가 되어
내 머리를 가르고 있다

늙은 금귤나무가 사는 집

금귤나무를 조경수로 심어
너무 자라지 않게 다듬으면
이른 봄날 햇볕에 황금알을 매달고
먹기 좋은 크기로 자라는데

세상사에 이리저리 치이고
가족들 하나둘 곁을 떠나자
제멋대로 늙어 버린 금귤나무
높은 담장 밖을 기웃거리고 있다

오늘도 반나절 햇살에 기대어
직접 전지가위를 손에 들고
서울 사는 자식에게 줄 열매를 따는데

구부리며 살아온 시간 저편
녹이 슨 관절이 겨우 제자리를 찾는다

잡초도 가만히 두면 쓰임이 있다면서
생목숨 함부로 뽑는 게 아니라며

손에 쥔 염주알을 하염없이 굴리던 할머니

오늘도 늙은 금귤나무가 사는 집
아슬아슬하게 나뭇가지 붙잡고
온몸의 중심을 곧추세운 채
긴 생을 건너고 있다

내 동생 춘희

올해도 꽃은 그 자리에 피고
피었던 그 자리에 햇살이 깃들어도
여전히 춥기만 하다

예전 같으면 단체 관광객 받는다고
바삐 일하던 내 동생 춘희

코로나19로 잃어버린 일거리
쌓여가는 고지서 보기가 답답한지
고사리 꺾으러 가자고 말을 꺼낸다

봄인 줄 알고 올라왔다가
지난밤 매서운 바람에
검게 얼어버린 고사리

춘희가 말없이 보고만 있다

공치는 하루 씨

너도나도 지갑 열기가 무섭다는 불경기
명절에는 손자 앞에서
어깨에 힘 조금 넣을 요량으로
어둠을 깨고 인력시장을 찾은 김 노인

여기가 골프장도 아닌데
어제도 공치고 오늘도 공치려나 보다
배춧잎 받고 활짝 웃는 모습
가슴속 저장해놓고 꺼내 보고 싶은데

젊은 사람들 빠지고 난 자리
호명되지 못한 노인들만 그 자리에 남아
그래도 무말랭이 같은 내일을 기약해보는데
진눈깨비만 모두의 눈가에 매달려 있다

오래된 애인

8학년 6반인 영자 씨
연분홍 블라우스를 거울에 비춰 보면서
오랜만에 노랫가락도 흥얼거린다

이제는 주름진 얼굴이지만
그래도 설레는지 거울을 보고 또 보고
스카프를 꺼내어 목에도 둘러보고
오랜만에 루즈도 꺼내어 입술을 토닥이고

눈빛만 봐도 속내를 알아주는
동문시장이 오래된 애인이라며
유모차에 꽃무늬 손수건을 매달고

세월은 흘렀어도 동문시장에 가면
긴 생머리에 치마가 휘날리던
그날의 골목길엔 스무 살 그녀가 있다

지나온 시간들이 햇살을 맞으며
힘차게 바퀴를 굴린다

진아 산후조리원

우리 동네에 물질도 잘해 밭일도 잘해 음식 솜씨도 좋은 진아 엄마가 창고 문을 열어 보고는 깜짝 놀랐어 복순이가 새끼를 낳았지 뭐야 자기 집을 놔두고 남의 집 와서 출산을 한 게 미안한지 복순이는 진아 엄마와 눈이 마주치는 순간 고개를 푹 숙이더래 곰곰 생각해보니 복순이도 어미인지라 치매에 걸려 헤매는 주인보다는 염치 불구하고 진아네 집에 가는 게 새끼들 배곯지 않으리라 판단했나 봐 아들을 얻을 거라고 내리 딸만 일곱을 낳으면서 시집 눈치가 보여 미역국도 못 먹고 몸도 제대로 못 풀었던 진아 엄마였어 죽을죄라도 지은 듯이 풀죽어 있는 복순이와 젖꼭지를 입에 물고 있는 오종종한 새끼들 보는 순간 눈물이 핑 돌더래 추운 바다 헤집으며 소라를 잡은 돈으로 소고기 사고 당근밭에 가서 받은 품삯으로는 미역을 사고, 에구에구 내 새끼 염불하며 일주일간 보살폈다고 했어 지극정성이 통했는지 건강한 몸으로 복순이가 새끼들을 데리고 진아 산후조리원을 나서는 날 어미를 대신해 강아지 다섯 마리가 단체로 꼬리를 흔들었다는데 맘씨 좋은 진아 엄마가 한 말이니까 맞지 않을까요?

푸념

하필 처자식이 있는 남자를 사랑해서
잊으려고 숨어 와 살았다는 제주살이 오십 년
전화기 너머로 칠순의 그녀가 푸념을 합니다

풍문으로 그 남자 술에 절어 살다 세상 등지고
절대 안 된다며 반대하던 가족들도 떠나고

이젠 오갈 데 없어
지치도록 걷기만 하다가 하늘을 가린
후박나무에게 하소연하고 있는 중이랍니다

'같이 살아나 볼걸'

더 이상 뻐꾸기 소리는 들리지 않고

- A언니를 추모하며

휴일도 없는 좁은 식당을 벗어나
하루만이라도
훨훨 날고 싶다고 말하더니
어버이날 카네이션 대신
설운 소리를 따라갔다

소리 내는 법을 잊었는지
우울의 늪으로 가라앉던
오월엔
뻐꾸기 소리 유난히 물색 짙더니

날개를 잃어버려
그날그날 산다고 말하더니
화려했던 날
하루를 붙잡고 영정 속에서 웃고 있다

김녕 장례식장 유리창 너머
멀구슬나무 길게 가지를 내려
보랏빛 향을 태우는데

더 이상 뻐꾸기 소리는 들리지 않고

숨비소리 내며 물질하던 새 한 마리
바다를 향해 날아간다

씨앗 혹은 우주

농사를 잘 짓는 고모부에게
내일 시간이 되면
호박씨를 심어 달라고 부탁했다

물때가 맞아야 잘 열린다며
바닷물이 살아나는
두물이나 서물에 심어야 된다며
달력을 본다

심지어 쥐날이면 쥐가 와서
호박씨를 먹어버려 안 된다고 하고
뱀날은 비가 와서 안 된다며
손가락을 꼽아보기도 한다

달나라도 가는 요즘 같은 세상에
그런 게 어디 있냐고
말을 할까 하다가
곰곰 밀려오는 파도 소리에 귀를 기울이니

땅속에 씨앗을 심었을 뿐인데
농부의 발자국 소리에
온 우주가 화답하는 소리
내 몸에도 조금씩 뿌리를 내린다

제4부

아왜나무
그늘엔

억새꽃, 그 여자

다들 바쁘다면서
돌아오지 않는 저녁
혼자 먹어야 하는 찬밥처럼
서늘한 시간이 식탁에 쌓인다

밥 한 수저 입에 넣으며
곰곰 생각해보니
여자에서 어머니로 이어진 길
긴 회랑을 따라 걷는
수도승의 뒷모습과 겹친다

가을이 입안에서 젖어든다
아끈다랑쉬 오름에서
잃어버린 나를 찾아
뿌리만 간신히 지탱하며 흔드는
억새꽃, 그 여자처럼

아왜나무 그늘엔 당신이 산다

서른아홉이었다
아홉수였고 아이들은 어렸다
큰 수술을 앞두고
눈물을 훔칠 곳이 필요했다

왜 나에게만 끝이 보이지 않느냐고
누군가에게 따져 물어야 했는데
간절한 무게만큼 너른 잎이 필요했다

마음 편히 울고 싶은 날
아왜나무가 빼꼭하게 들어선 뒤란
나에게 닿을 위로의 말을 찾으면
서성이던 나뭇잎이 별빛으로 내려와
쓸쓸해지곤 했다

나무 이름을 부르는 이가 있다면
아왜나무라 지은 이는
시인의 마음으로 살아있는 문장을 썼을 거라고
심장에 붉은 열매 지녔을 거라고

눈물로 가득한 생의 한 페이지에서
하염없이 그늘의 평수만 넓혀

생의 갈림길에서 눈물짓는 이에게
슬픔만 어루만졌을 거라고

체질을 읽는 법

난 소양인이야 거기에다 혈액형은 O형이지 뜨거운 피를 갖고 태어나서 항상 머리에서 생각이 바르르 끓어 넘쳐 늘 속상했어 나의 바람은 먼 곳에 있어도 오월의 밤에 기품을 더하는 백합 향기처럼 누가 봐도 교양 있는 여자이고 싶어 한번 보면 바로 잊어버리는 책을 우아하게 끼고 살지 하지만 생각은 생각일 뿐 현실은 녹록지 않아 옳고 그름을 가리는 성격 탓에 우아는 개뿔 이미 게거품 물며 이성을 상실하지 이대로는 안 되겠다 싶어 한의사에게 조언을 구했어 저, 조신한 체질로 바꾸고 싶은데 안 될까요 맥을 찬찬히 짚어 보더니 답을 줬어 그냥 사세요 안 그럼 화병 생겨요 허걱 지금 이 체질로 우아한 여자는 난공불락이라 화병으로 죽는다고 하지만 도서관의 두꺼운 책 속에는 답이 있을 거야

난,
꼭,
우아하게 살고 말 거야

장마

한 줌 가득
쌀을 잡고
밥상에 신명나게 내갈기며

언제면 비가 그치냐고
하늘에 물어보고 싶은
오늘

햇살 한 줌 받아들다

옛 자취는 흔적도 없고
겨우 기단부만 남은 제주성 근처
손바닥만 한 집들이 모인 공터에는

상추 고추 가지 방울토마토
시장에서 갓 사온 어린 모종들이
힘겹게 뿌리를 내리는 중이다

볕이 안 드는 살림살이
경계 없이 피어나는 곰팡이
담쟁이 줄기 뻗듯 벽지로 타오르면

고만고만한 숨소리가 벽을 두고
수시로 메마른 기침만이
서로의 생사를 확인하는데

죽어지는세* 내며 성안에 사는 이들
희미해진 생명선 길을 따라
햇살 한 줌 손바닥에 받아든다

* 사글세의 제주어.

양들의 침묵

용기를 담보 잡고 손을 가지런히 모으고 누워 백 마리 양을 불러요 잠이 부족한 양이 기다렸다는 듯 하품하며 입안으로 들어가지요 서서히 손바닥에 땀이 송글송글 맺히면 나머지 양들도 긴장한 채 도살장으로 가듯 들어 가요

양 백 마리
양 아흔아홉 마리
양 아흔여덟 마리

손가락을 펴고 천천히 세지 않으면 양들이 길을 잃고 샛길로 갈 수 있어 오늘은 백 마리 양을 잃어버리지 않고 입속에다 가둘 거예요 물방울 튀는 소리는 가급적이면 내지 마세요 일렬종대를 유지하며 얌전하게 길을 가는 양 남은 열 마리만 들어가면 오늘의 다짐을 성공할 수 있 어요

힘드시면 말씀하세요
상냥한 의사가 가공된 언어를 사용하네요

양들이 황급히 도망을 쳐요

이번에는 험난한 길을 포기하고 쉬운 길을 찾아 재빠르게 입을 벌리고 힘이 들어간 손가락을 펼쳐야 해요

양 한 마리

양 두 마리

양 세 마리

호명되는 숫자가 길어지자 그 자리에 침묵이 자리해요

뽑혀 나온 사랑니가 양들을 불러 모아요

다급한 소원

가끔씩 들르는 외진 암자
기도처럼 초 한 자루 손에 들고
저들의 소원은 무엇일까
기웃거려 보는데
공무원 시험 합격
수능대박
다수의 소원에서 밀려난
부채탕감
얼마나 다급했으면
간당간당 바람에 흔들리면서도
간절한 촛불 하나 심지를 굳게 하고
암자 안을 뜨겁게 태우고 있다

우당도서관 가는 길

아침부터 늦은 밤까지
시어 빠진 파김치가 되어
걸어 다니는 게 안쓰러웠던지

가로등 불빛 아래서 몇 날을 끙, 끙 앓더니
힘내라는 듯
붉은 열매 잔뜩 매달고
하고 싶었던 말을 송두리째 내뱉는다

아이들아
꿈은 먼 곳에 있지 않으니
조금만 더 힘을 내렴

우당도서관 가는 길

먼나무들이 멀지 않은 곳에
마주 보고 서서
지친 청춘을 위한 페이지를 열람하고 있다

작두콩

잎을 뻗고 꽃을 피우며

담벼락에 기대어 아슬아슬하게

간신히 발돋움 끝에 전깃줄에 올라타

다시 내민 잎에 꼬투리를 매달고

점포임대, 점포임대

코로나19로 무수히 낙엽만 쌓이는 골목

악착같이 살아야지

매달린 식구가 몇인데

신호등

곡조는 사분의 삼박자로 입안에 가득하고
신호등을 기다리는 사람들의 몸짓마저
모든 게 적당히 따스해진다

가을은 너무 덥거나 춥지도 않게
간격을 유지할 줄 아는 품위가 있다

우연히 횡단보도에서
오랫동안 잊고 지냈던 친구
환히 웃으며
언제 만나서 밥을 먹자며 인사를 한다

뜨겁지도 않고 차갑지도 않게
세상살이 잘하는 온도로 무장해
적당히 거리를 유지하며
신호등을 보는데

립서비스에 온기가 전혀 없는 건
가을에 지녀야 할 예의는 아니라는 듯
빨간불이 심장에 콕콕 박힌다

아직도

강산이 다섯 번은 변했네
초등학교 동창회
첫사랑을 보면
아직도
심장이 흔들린다고
귓가에 속삭이는 내 친구
꽃보다 더 화사하게 피어 있다

벚꽃 아래 안부

학창 시절 앳된 모습 그대로
알프스 소녀 하이디를 닮은

통영 봉수골 작은 커피숍
주인의 심성을 그대로 닮은

꽃이 피고 지는 시간 돌고 돌아
고운 눈망울의 내 친구

시간에 쫓겨
마주 잡은 손에 다음을 기약하고

벚꽃 핀 제주로 내려 온 그날부터
못다 한 안부를 묻는다

그게 어디야

시집을 선물했더니
친구가 인사를 한다

재미있게 다 읽었어

감동의 이야기도 있는데
재미만을 강조한다

몇 년의 시 공부가 아까워
고개를 숙이는데

딸이 한마디 한다

욕심도 많아요
다 읽었다잖아

그게 어디야

불감증

그릇을 씻으면서 뉴스를 듣는다

인도 여행을 가려고 매달 적금을 붓는 나
양쪽 귀가 안테나를 세웠다

사람이 뺑소니차에 치여 죽었는데
지나가는 행인 모두 거들떠도 안 본다는

그곳에 가면

불행 끝 행복 시작일 것 같아
주기도문을 외우듯
없는 살림에 꼬박꼬박 적금을 붓는다

그곳에 가면

머무는 기간만큼은 신들과 함께
끝이 보이지 않는 내 인생
무더기로 마음의 평화가 찾아올 것이기에

지나가는 행인이 되어

방치된 시신을 눈동자에 담아 하수구로 흘려 보낸다

기도

가장 밑바닥 모래밭 풀뿌리에겐
천국으로 가는 길은 너무 멀었네
밤낮을 가리지 않는 갠지스강 화장터는
자욱한 연기로 문전성시였네

가진 게 몸뚱이뿐이고
사는 게 매일 오늘이라면
눈을 감고 쉬는 달콤한 휴식은
모래알 속에서 찾는 게 빠르겠네

북인도에 한 달 있다는 겨울 날씨
천막도 없이 바닥에 웅크리고 있는
까만 눈의 아이들에겐 추위는 낯선 손님이네
구원을 얻는다는 갠지스 강물은
맨발의 아이들에겐 동화 속 이야기라네

나보다는
초콜릿을 외치는 저 아이에게
신의 배려가 있어

천국의 그늘을 비워 두기를

나보다는
젖먹이 딸을 옆구리에 끼고
머니를 달라는 엄마의 눈물로 강물이 출렁이면
그 순간만은 신이 깨어있기를

맨발의 기억

바라나시에서 카주라호로 가는 기차 안
건기에 흙먼지만 풀풀 날리는데

희뿌연 풍경 너머로 땔감을 머리에 이고
걸어가고 있는 맨발의 여인

집은 저 멀리에 있어 보이지도 않고
등짐 진 아이는 종종걸음 하는데

해진 소매로 콧물 훔치며 그림자 서늘해져야
어머니를 따라 집으로 가던

구멍 난 양말을 비집고 나온 엄지발가락
솔잎 가시에 찔려 아렸던 기억

기차의 속도로 느릿하게 다가오는
내 어릴 적 종종걸음

호박의 쓸모

창밖에 비가 청승맞다 싶은 날
냉장고에서 늙은 호박 꺼내어
가늘게 채 썬다

호박 한 덩이로 국도 끓이고
나물도 해 먹고
빗소리에 장단 맞추며 부침개도 하고

잎에서 씨앗까지
어디 하나 버릴 데 없이
최선을 다한 음식 먹는 순간

자꾸 헛발을 내디디며 살아온 날
흐트러진 발걸음 잡으며 살아갈 날
한쪽으로 기울었던 어깨

오촉등 아래
무수한 발자국이
가지런해진다

소소함에서 찾은
조선희 시인의
시적 파토스

안상근(시인)

소소함에서 찾은
조선희 시인의 시적 파토스

1. 시인의 내밀한 파토스

조선희 시인과는 몇 년 전부터 '운앤율'이라는 이름으로 함께 합평을 하며 시 공부를 하고 있다. 언제 봐도 밝은 미소와 따뜻한 훈기를 뿜어내며 적극적으로 임하는 모습에서 그녀의 시세계를 먼저 정의하곤 했다. 아니나 다를까, 나는 그녀의 시집 『봄밤은 언제나 짧았네』가 그녀를 꼭 닮았다고 느낀다. 당연한 이야기지만 요즘처럼 자기 시의 표정 앞에서 수선을 떨거나 커튼을 드리우는 시가 아닌 자신을 쏙 빼 닮은 시를 쓰는 것을 보면, 시류에는 거리가 먼 진솔한 생활의 시인이다.

이렇듯 그녀의 행동은 능동적 기저의 편안한 활동가이지만 대상의 자극을 받아서 표출되는 감정은 수동성에 기인한다고 할 것이다. 보이는 대상과 주어진 상황에서 수사적 도구로서의 은유나 이야기하기를 통해 정서적 호소와 화자의 공감으로 받아들인다.

"인터넷으로 작약 구근을 구입했더니/ 가보지 않은 도시들이 배송되어 왔다// 마드리드, 오슬로, 런던, 로마, 아테네/ 화분에다 심고 이름을 부르며/ 조약돌에다 새겨 놓고/ 두근거리며 베란다를 서성거"(「바람의 초대장」)리는 모습은 우리 주위의 흔한 모습이다. 씨앗을 구입하고 심는 과정이다. 별다른 상황이 아닌 일상이 주어졌다. 어떻게 받아들였을까? 한낱 한 봉지의 씨앗이 가보지 못한 도시로 치환되어 있지 않는가. 그리곤 "그새 한 뼘씩 자라나기 시작하는 도시들"(「바람의 초대장」)처럼 그 이국의 도시들이 자라나고 있었다는 것이다. 그것도 한 뼘씩이나. 이 정서적 감응은 단지 시를 쓰기 위해 어떤 현상을 다르게 바라보고, 느리게 생각하며, 새로운 걸 찾고자 베란다에서 서성이는 조 시인의 내밀함과 닮아 있는 듯하다.

조 시인은 자연과 인간 세계의 따뜻한 교감을 꿈꾼다. 그것은 그녀의 살뜰한 인정과 따뜻한 가슴에서 우러나오는 우주에 대한 사랑과 연민에서 비롯되었으리라.

2. 일상의 소소한 시선에서 얻은 관계의 재발견

조선희 시인과 함께 동인 활동을 하면서 곧잘 듣는 이야기가 있다. "전 꽃이나 나무가 참 좋아요. 닿았던 인연과

늘 연상이 되면서 쉽게 잊을 수가 없어서요."라고 말한다. 그리곤 한참 있다가 "저는요 그냥 주변의 이야기를 담고 싶어요. 소소한 일상의 이야기요. 거창한 담론이 아닌 그저 고만고만한 이야기. 주변을 바라보는 눈짓 같은 거요."

　그렇다. 인간의 마지막 자유는 주어진 환경과 무관하게 자신의 태도를 선택할 수 있는 능력이다. 시인 또한 그러할 것이다.

　　뇌수술 두 번 받고/ 안부 인사 없이 가버린 후/ 당신을 따라 비자나무 사라지고/ 산당화도 사라졌다/ 당신의 손재주는 하나도 안 닮고/ 사는 데 보탬이 안 되는 일만 닮아/ 텃밭 한 귀퉁이/ 노란 수선화도 심고 백합도 심는다/ 가난한 당신을 늘 원망했던/ 미안함에 구석진 곳마다 꽃씨를 뿌린다/ 딸만 다섯을 두고/ 대를 이를 아들 없는 게/ 내내 가시지 않는 그늘이었지만/ 꽃이 피어나면 입가에 머물던 미소/ 다시금 봄 오는 날 찾아왔으면 싶어/ 올해도 나무를 심고 꽃씨를 뿌리는데

　－「부전여전」 전문

　　다 발음하지 못한 나무/ 참빗에서 멈춘 유년의 언저리// 한 줌 햇살이 깃든 마루/ 외할머니 무릎에 누워 있다// 이가 성긴 참빗으로 머리를 넘겨주며/ 어린 딸을 데리고 일본에서 제주로 건너온 이야기/ 반복의 늪으로 점점 빠져

들고/ 늘어지는 길이에 빗질 속도가 서늘해지면/ 기침에 묻어 광목천에 빨갛게 피어나던 꽃송이/ 부모님 알면 걱정한다며/ 손에 쥐어주던 눈깔사탕은 영롱했다// 늦가을/ 잊고 살았던 시간이 참빗살나무가 되어/ 내 머리를 가르고 있다

– 「참빗살나무」 전문

남의 눈물을 닦아주기 전에 당신 눈에서 눈물을 흘려야 한다. 남들을 납득시키기 전에 당신이 믿어야 한다. 「부전여전」에서 시인은 사라져버린 비자나무와 산당화 대신에 노란 수선화도 심고 백합을 심는다. 나무도 심고 꽃씨도 뿌린다. 아버지의 손재주를 닮지 않은 시인은 원망 대신에 아버지를 닮은 미소를 심는다. 그러면서 시인은 아버지를 닮아가는 것이리라. 새록새록 꽃 피는 바깥은 봄인데, 오늘은 어떤 꽃을 보았냐고 안부를 묻고 싶다. 「참빗살나무」에서는 외할머니의 빗질이 '참빗'이라는 시어에 응축되고 이게 다시 어머니를 연상시키며 "내 머리를 가르고 있다". 두 작품 모두 주변의 꽃과 나무를 통해 가족사 혹은 가족과의 관계를 재발견하는 시인의 공감 능력을 보여준다. 이 외에도 시집 『봄밤은 언제나 짧았네』 전체에서 꽃과 나무는 흔히 등장한다. 참으로 시인은 꽃과 나무를 좋아했나 보다.

일상의 소소한 시선에서 얻은 관계의 재발견은 초보

농사꾼으로서, 독거노인을 돌보는 생활지원사로서 이어진다.

> 미처 몰랐다/ 그녀에게도 순정이 있다는 걸/ 길가에 있는 여느 꽃처럼/ 피고 지는 사연이 있다는 걸// 잘 벼린 칼로 밭에서 싹둑/ 이파리를 자르면서도/ 늘씬한 몸매를 원해서인지/ 피고 지는 무정한 시간들을 몰랐다// 더 이상은 보여줄 게 없는/ 주황색 시스루로 식탁 위에 올라/ 고추 옆에 오이 옆에/ 나란히 있는 건 모욕이라면서/ 비장의 한마디를 내뱉는 그녀// 죽음도 두렵지 않아요
> – 「드림세븐」 전문

「드림세븐」은 당근 종자의 이름이다. 시인은 여인으로 의인화시킨 당근의 성장과정과 일생에 매료된다. 시인이 거주하는 곳이 우리나라에서 가장 많은 수확량을 보이고 있는 곳이라 주변이 대부분 당근 밭이다. 그러나 꽃이 핀다는 사실조차 모른 시인은 속절없는 마음이 된다. 어디 모르는 게 당근 꽃뿐이랴, 여인으로서의 순정은 시적화자의 비장의 한마디 "죽음도 두렵지 않아요"- 당근 꽃의 꽃말 -가 되어 시인의 마음을 후벼놓는다. 시적화자와 시인이 교차되는 순간, 우리는 동일시를 경험하게 된다.

> 하필 처자식이 있는 남자를 사랑해서/ 잊으려고 숨어 와

살았다는 제주살이 오십 년/ 전화기 너머로 칠순의 그녀
가 푸념을 합니다// 풍문으로 그 남자 술에 절어 살다 세
상 등지고/ 절대 안 된다며 반대하던 가족들도 떠나고//
이젠 오갈 데 없어/ 지치도록 걷기만 하다가 하늘을 가린
/ 후박나무에게 하소연하고 있는 중이랍니다// '같이 살
아나 볼걸'

      -「푸념」전문

  '사랑이 죄인가요'라는 대중가요의 가사가 떠오른다.
죄가 맞다. 인간이기에 윤리와 사회적 규범으로 죄가 되
는 사랑의 꽃을 볼 수 있을까. 순간 그리워하다가 저버리
는 꽃은 꼭 오늘 하루 같다. 우리는 기다리다가 오늘이 생
애 단 하루인지도 모르고, 금방 저버릴 줄도 모르고 그렇
게 보내버리곤 하니까. 시적화자는 관찰자로서 그녀를
무심코 바라볼 뿐이다. 애쓰며 피어난 그녀가 할 수 있는
일은 "하늘을 가린/ 후박나무에게" 푸념을 하며 하루를
또 하루를 지나쳐 버리는 것이다. 시인이 독거노인 생활
지원사 일을 하면서 겪은 일상을 다분히 객관화하려 한
것 같다. 그렇지만 시인의 공감 능력은 여지없이 드러나
"같이 살아나 볼걸"로 귀결된다. 어쩌나, 시인도 한 여인
인 것을….

  시를 쓰는 사람은 자연현상이나 일상생활의 작은 흐

름 하나에도 관심을 갖고 바라보는 눈을 가져야 한다는 평범한 진리를 깨닫는다. 「평대리 순비기꽃」, 「숨비소리」, 「오래된 애인」, 「더 이상 뻐꾸기 소리는 들리지 않고」, 「억새꽃, 그 여자」 등에서도 보여주듯, 함께 섞여 살아가다가 한 번 더 되돌아보는 시인의 시선이 부럽다.

3. '무엇'이 아닌 '어떻게'로 받아들이는 시적 교감

요즘 먹방이 유행이다. 사람들은 '무엇을' 먹을지를 놓고 엄청나게 고민한다. '어떻게' 먹어야 하는지에 대해서는 놀랍도록 무관심한 것 같다. 그런데 '무엇을 먹는가?'와 '어떻게 먹는가?'의 차이는 엄청나다. 아무리 분위기 좋은 식당에서 비싼 요리를 먹더라도 불편한 사람과 함께라면 빨리 자리를 뜨고 싶었던 경험들이 다들 있을 것이다.

나와 상대를 위해서라도 좋아하는 사람들과 함께 대화하며 즐겁게 먹는다면, 계절과 날씨에 따라 붉은 접시와 파란 접시에 담아서 먹는다면, 그날에 맞는 은은한 음악과 함께 편안하게 먹는다면, 천천히 꼭꼭 씹어 음식의 맛을 음미하면서 먹는다면, 그리고 무엇보다 감사한 마음으로 먹는다면, '무엇'보다 '어떻게'에 방점 찍힌 자신의 삶을 재발견할 것이다.

시인이 말하는 삶에 대해서도 마찬가지이다. '어떻게' 받아들여야 하는지를 살피는 것이 위대한 질문에 소소한 대답이 될 수 있지 않을까? 정작 무엇을 더 하고 싶은지 되물어보는 것에 대해서.

> 잎을 뻗고 꽃을 피우며// 담벼락에 기대어 아슬아슬하게// 간신히 발돋움 끝에 전깃줄에 올라타// 다시 내민 잎에 꼬투리를 매달고// 점포임대, 점포임대// 코로나19로 무수히 낙엽만 쌓이는 골목// 악착같이 살아야지// 매달린 식구가 몇인데
>
> ─「작두콩」 전문

최근 전 세계를 두렵게 했던 코로나19의 상황은 설명이 더 필요 없을 것 같다. 그래도 "악착같이 살아야지"라는 시적화자의 몸부림이 처절하다 못해 측은 그 자체가 아니겠는가? 아니다. 강한 의지의 표출이라는 게 맞다. "매달린 식구가 몇인데". 고통과 극복이라는 치열한 삶의 실상을 어느 골목 담벼락과 전깃줄에 매달린 작두콩에서 발견한 시인. 대상에 대한 시적 인식을 "사물을 보는 새로운 눈과 각도의 발견이다."라고 말한 김수영은 이를 정신적 태도와 관련된다고 하였다.

조선희 시인의 새로운 시각이 경이롭다. 이는 시인의 '어떻게' 받아들여야 하는지에 대한 정신적 태도와 무관

하지 않음을 보여준다고 할 것이다. 다만 연으로 구분한 형태는 숨 막힌 현실에서 벗어나고자 하는 숨통의 길을 나타내려 했을까? 궁금증이 든다.

> 한 줌 가득/ 쌀을 잡고/ 밥상에 신명나게 내갈기며// 언제면 비가 그치냐고/ 하늘에 물어보고 싶은/ 오늘
> – 「장마」 전문

얼마나 간절했을까? 그 간절함을 간결함으로 드러냈다. 시적화자는 장마로 인한 아픔을 느꼈을 터이고 그런 아픔을 경험한 사람들은 쌀 점으로밖에 대응할 수 없음을 비 내리는 '오늘' 하늘에 탓하고 있음이다.

> 금귤나무를 조경수로 심어/ 너무 자라지 않게 다듬으면/ 이른 봄날 햇볕에 황금알을 매달고/ 먹기 좋은 크기로 자라는데// 세상사에 이리저리 치이고/ 가족들 하나둘 곁을 떠나자/ 제멋대로 늙어 버린 금귤나무/ 높은 담장 밖을 기웃거리고 있다// 오늘도 반나절 햇살에 기대어/ 직접 전지가위를 손에 들고/ 서울 사는 자식에게 줄 열매를 따는데// 구부리며 살아온 시간 저편/ 녹이 슨 관절이 겨우 제자리를 찾는다// 잡초도 가만히 두면 쓰임이 있다면서/ 생목숨 함부로 뽑는 게 아니라며/ 손에 쥔 염주알을 하염없이 굴리던 할머니// 오늘도 늙은 금귤나무가

사는 집/ 아슬아슬하게 나뭇가지 붙잡고/ 온몸의 중심을
곧추세운 채/ 긴 생을 건너고 있다

－「늙은 금귤나무가 사는 집」전문

어머니의 텃밭은 언제나 완강하다/ 배추 심고 고랑 파고/
쪽파 심고 고랑 파고/ 경계와 경계 사이 언제나 금을 긋
는다// 텃밭 한 귀퉁이/ 웃자라지 않는 꽃들을 심었다//
입으로 들어가지 못하는 건 전부 잡초/ 어머니의 율법은
한 치도 어긋난 적 없고// 눈치 없는 채송화가 텃밭에 발
을 뻗자/ 보란 듯이 날이 바짝 선 호미에 내팽개쳐졌다//
섭섭함이 고랑에 뿌리를 내리기 전/ 두루뭉술한 감자를
심는다// 감자에 꽃이 필 때쯤// 아버지 닮아 눈도 호강
해야 하는 딸은/ 꽃을 보고/ 입으로 들어가야 배가 부른
어머니는/ 감자를 먹고

－「어머니의 율법」전문

　인생에 정답이 없다. 그러나 해답은 분명히 있다.「늙
은 금귤나무가 사는 집」과「어머니의 율법」에서 할머니와
어머니의 삶의 태도는 극명하게 대비되는 듯 보이지만
종국에는 같음을 알게 된다. 늙은 금귤나무와 할머니가
오버랩되면서 나무는 나무대로 할머니는 할머니대로 서
로의 연연한 마음을 숨긴 채 "높은 담장 밖을 기웃거리고
있다". '긴 생'을 건너고 있는 두 늙음에서 그들이 삶을 '어

떻게' 받아들이고 있는지를 살피는 몫은 관찰자인 시적 화자이며 그들이 함께 살 듯, 우리도 함께 살아야 할 방향을 암시하는 건 아닐까? 「어머니의 율법」에서는 어머니와 딸이 살아온 삶의 방정식, 특히 어머니의 삶의 수용 방식은 '율법'임에 틀림없다. 이런 각자의 교감 관계에 대해 시적화자는 그야말로 시인다운 시선으로 노래한다. 감자를 매개로 "아버지 닮아 눈도 호강해야 하는 딸은/ 꽃을 보고/ 입으로 들어가야 배가 부른 어머니는/ 감자를 먹"는다. 감자를 통해 대비되는 이러한 각자의 애정과 연민이 종내는 인간과 인간 상호 간의 사랑과 이해라는 순응의 자세로 마무리되고 있음이라.

> 유달리 팽나무가 많은 북촌/ 햇볕을 향해 편안하게/ 가지를 뻗은 나무는 없고/ 그날의 아픔을 말로는 할 수 없다며/ 옹이 지고 뒤틀려 있었습니다// 음력으로 섣달 열여드렛날/ 온 마을이 제사를 지내고/ 한때는 남자가 없어/ 무남촌無男村이라 불리었다는 마을// 하필이면 오늘/ 옆 마을 동복리에서/ 어린 아들 끌어안고 돌아가신/ 조부모 제사가 있는 날// 섣달에 북촌 너븐숭이에 왔더니/ 그날의 총소리가/ 제 가슴에 와 박혔습니다// 죽은 자는 말이 없어/ 팽나무는 있는 힘 다해/ 이파리를 펼쳐 보입니다
>
> – 「팽나무의 섣달」 전문

목수와 이야기를 나누려면 목수의 언어로 이야기하라는 말이 있다. 제주의 아픈 역사 4·3의 한 현장인 북촌리 너븐숭이에 가면 팽나무도 그 아픔에 "옹이 지고 뒤틀려 있었습니다". "음력으로 섣달 열여드렛날/ 온 마을이 제사를 지내고" 있다는 사실 하나만으로도 당시의 비극을 여실히 증명해 준다. 더 말하여 무엇하리. 가슴만 답답할 것을. 또한 이날에 이 땅 시인의 조부모도 희생자였음을 안다. 그러나 지금에 와서도 "4·3희생자 명단에도 올리지 못한" 죄스러움과 탄식이 '북촌 너븐숭이'에 "그날의 총소리가 제 가슴에 와 박혔습니다"로 환기되어 이 시대를 사는 우리들에게 '어떻게' 받아들여야 하는지에 대한 인식과 실천의 태도를 묻고 있는 것이리라.

> 지미봉에 달이 뜨면 떠나지 못한 이들은 고개를 들어/ 못 다 쓴 이야기를 물결체로 쓴다// … 중략 …// 기다림은 마디마다 시리게 뿌리 내리며/ 저물녘 하도리 철새도래지에 새기어 놓는다// … 중략 …// 지미봉 달빛을 받으며/ 물결만 썼다가, 지웠다가
>
> ─「하도리 철새도래지」부분

기다림이라고 하는 것은 끈질긴 참을성을 요구한다. 그것은 시린 마음으로 한없이 꽃피는 봄을, 억새가 가득 핀 날을 애타게 염원하듯 그렇게 질긴 인내를 필요로 하

는 정서의 세계이다. 이것이 소위 만남과 이별의 순환구조에 대한 믿음이며 윤회의 인연을 믿는 막연한 기원과 기다림의 섭리이다. 그 섭리의 반응적 태도는 "못 다 쓴 이야기를 물결체로 쓴다". "지미봉 달빛을 받으며/ 물결만 썼다가, 지웠다가"만이 할 수 있는 믿음의 인내이며 기원일 것이다. 어쩌면 대상과의 일체화 능력을 보여준 시인의 공감을 들여다볼 수 있지는 않을까?

이 밖에도 불멸의 언어, 제주어를 소환한 「밋두엉」, 「아도록ㅎ다」에서는 사라져가는 제주어를 바라보며 따뜻한 시선으로 "잊지 않으려/ 당신을 위한 마음자리 비워 둡니다"(「밋두엉」)처럼 제주와 제주인의 삶을 사랑하는 시인의 마음을 읽어내게 된다.

4. 연연함을 반추하는 행복

영국의 시인 워즈워스(W. Wordsworth)는 "모든 좋은 시는 강한 감정의 자연발생적인 표현이다. 그러나 시는 고요히 회상된 정서에 기원하는 것이다. 그렇게 회상된 정서를 한동안 묵상하고 나면 일종의 반사작용에 의하여 그 고요의 상태는 차츰 사라지고 처음 명상의 대상이었던 정서와 닮은 제2의 정서가 생겨나서 실제로 마음속에 자리 잡게 된다."라고 하였다.

그날 이후로 봄밤은 언제나 짧았네// 두 사람이 누우면 꽉 차는 자취방을 지나/ 온 가족이 모여 사는 당신 집을 향해 가는 길/ 더디게 걸었던 발걸음/ 헤어지기 아쉬워 되돌아가던 중간 지점/ 라일락향이 골목길을 서성거렸네// 밤이 되면 짙어지는 이유를/ 우리 둘 다 어려서 알 수 없었지만/ 집 앞에 도착하면 입술에 묻은 꽃내음/ 바람이 다가와 슬며시 떼어놓으면/ 라일락이 괜스레 붉어지곤 하였네// 살아가는 일이 고유명사처럼 와 닿을 때/ 우체국 앞에서 당신의 안부를 묻던 날들이/ 아득한 기억이었다 해도/ 우리가 헤어진 일이 엊그제 일 같아/ 지금도 봄이 오면 밤이 짧아지곤 하네// 서쪽 하늘에 걸린 초승달, 스무 살 언저리

　－「지금도 라일락」 전문

이른 저녁/ 폭염을 견뎌낸 피마자/ 윤진 잎사귀 펼치면/ 챙겨 듣고 싶은 인사가 있네// 사랑이 저만치에 있다고/ 애태우던 나이는 지났다지만/ 무수한 별이 뜨기 전에/ 듣고 또 듣고 싶은// 오늘도 이녁이 있어 견뎌냈다고// 푸릇한 손바닥 죄다 펼쳐/ 축 처진 어깨 토닥이면/ 저어기 평대 바당 깊은 곳에서/ 숨비소리로 묻어나는// 이녁이라는 말

　－「이녁이라는 말」 전문

누군가의 뒷모습이 보이기 시작하면 사랑하기 시작한 것이리라. 시적화자는 "그날 이후로 봄밤은 언제나 짧았"던 스무 살 언저리로 되돌아간다. "헤어지기 아쉬워 되돌아가던 중간 지점/ 라일락향이 골목길을 서성거렸"던 그때로. 시집 『봄밤은 언제나 짧았네』의 제호와도 관련 있는 「지금도 라일락」에서 시적화자로 분한 시인을 쉽게 발견할 수 있을 것이다. 연연함을 반추하는 행복한 시인이 떠오르는 이유는 무엇일까? 모든 예술이 그러하겠지만 문학이라고 하는 것에서도 없어서는 안 될 두 가지 정서가 있다면, 그것은 아마도 '외로움'이고 그에 조응하는 것이 '사랑'이 아닐까 한다.

인간은 고독하고 황량한 세계와 맞서야 하는 운명이다. 이를 이겨내는 일은 참으로 힘들고 지칠 것이고 어디엔가 어깨를 빌려줄, 영혼을 위로해 줄 대상을 찾는 일이다. 이 접점에 놓인 것이 바로 사랑이고, '이녁'이라 불리고 싶은 시적화자의 정서이다. 이 소소한 연연함이 「이녁이라는 말」에 다 녹아 있다고 할 것이다.

> 산신각 근처/ 당나귀 방울 소리 쌓인다// 햇발은 곁가지에 매어 두고/ 보고 싶은 마음은 우듬지에 걸고// 당신은 어디에 있나/ 능소화 핀 돌담길 따라// 다시금/ 공쾅/ 공쾅
> – 「길상사」 전문

더 나아가 정신적 피폐함이 더해질 때면 우리는 우리를 한없이 위안해 줄 대상을 갈구한다. 그래서 산다는 것은 어쩌면 고통과 슬픔을 이겨내는 힘이 되어 줄 대상을 찾는 행위일지도 모른다는 깨달음에 도달하는 시적화자는 「길상사」에서 당신을 부르며 찾는다. 그 대답은 '공ㅉ/공ㅉ'으로 들려온다. 그래도 한없이 위로받고 싶고 사랑하고 싶은 대상을 찾아 나서지 않을 수 없으리라. 그렇게 도달한 곳이 「평창역」이고 '평창역 같은 남자'였던 것이다. 외로움과 사랑은 분리되지 아니한 채 연연함이 깃든 '평창역'에 머물고 있음이라.

> 위로가 필요한 날/ 누군가를 만난다면/ 내리는 사람이 한눈에 들어오는/ 평창역 같은 남자이면 좋겠다// 저물녘 산허리 어둠을 끌고/ 메밀꽃밭에 깊은 속내 무더기로 흩뿌려도/ 무심한 듯, 아닌 듯/ 가만가만 지켜보는 그런 남자// 발길 닿는 데까지 열심히 걸어도/ 그 동네가 그 자리인 곳/ 내미는 두 손 따스한 온기로/ 꼭 마주 잡아 주는 그런 남자// 첫눈이 오기 전에/ 내리는 사람이 한눈에 들어오는/ 그런 남자 같은/ 평창역에 가야겠다
> – 「평창역」 전문

산다는 것에 대한 깨달음은 어쩌면 사람들이 저지르는 실수나 오해들의 합인지도 모른다. "시집을 선물했더

니/ 친구가 인사를 한다// 재미있게 다 읽었어// 감동의 이야기도 있는데/ 재미만을 강조한다// 몇 년의 시 공부가 아까워/ 고개를 숙이는데// 딸이 한마디 한다// 욕심도 많아요/ 다 읽었다잖아// 그게 어디야"(「그게 어디야」). 숨길 수 없는 우리 주위의 풍속도가 아닌가. 스스로 인식하지 못한 채 오스트리치즘(Ostrichism)에 젖어 있는 우리 시인들에게 하나의 자극이 되었는지 하나의 위안으로 다가오는지에 대해서 잠시 곱씹어보면 좋겠다는 메시지로 봐도 무방할 듯하다. 또한 어렵고 난해한 서사구조로 쓰인 글들이 반짝 사람들을 신선하게 하고 감동하게 할지는 모른다. 그러나 보통사람에게 오랜 세월 감동을 주는 것은 굳이 난해한 글들은 아니라고 나는 생각한다.

다만, 소소함에서 찾은 조선희 시인의 시적 파토스가 자신의 주관적이고 원초적인 감정을 직접 노출시키지 않고 시적 장치를 통해 객관적인 감정으로 전이시키고 변형시키는 노력이 계속 진전되기를 사족으로 둔다. 그리하여 독자가 행복해질 수 있는, 그녀가 꿈꾸는 아름다운 꿈의 실현을 위해 성숙해 가기를 바라는 마음 간절하다.

봄밤은 언제나 짧았네

2022년 7월 31일 초판 1쇄 발행

지은이   조선희
펴낸이   김영훈
편집   김지희
디자인   나무늘보, 이은아
펴낸곳   한그루
              제주특별자치도 제주시 복지로1길 21
              전화 064-723-7580   전송 064-753-7580
              전자우편 onetreebook@daum.net 누리방 onetreebook.com

ISBN 979-11-6867-035-8 (03810)

이 책은 제주특별자치도와 제주문화예술재단의 2022년도
문화예술지원사업 후원을 받아 발간되었습니다.

값 10,000원